Cows Can't Jump

As vacas não podem pular

Por Dave Reisman
Ilustrado por Jason A. Maas

JumpingCowPress.com

JUMPING COW PRESS

Para Isaac, Rachel, Eli & Emma

com amor,

DR

Published by Jumping Cow Press
P.O. Box 2732
Briarcliff Manor, NY 10510

© 2020 Jumping Cow Press
All rights reserved
JumpingCowPress.com

ISBN 13: 978-0-9980010-9-8
ISBN 10: 0-9980010-9-0

First Paperback Edition
October 2020

Printed in China

As vacas não podem pular...
Cows can't jump...

...mas elas podem nadar.
...but they can swim.

Os gorilas não podem nadar...
Gorillas can't swim...

...mas eles podem balançar.

...but they can swing.

As girafas não podem balançar...

Giraffes can't swing...

...mas elas podem galopar.
...but they can gallop.

As cobras não
podem galopar...
Snakes can't gallop...

...mas elas podem rastejar.
...but they can slither.

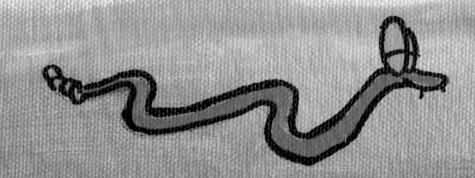

...mas eles podem debandar.
...but they can stampede.

Os cangurus não
podem debandar...

Kangaroos can't stampede...

...mas eles podem pular.
...but they can hop.

As tartarugas não
podem pular...
Turtles can't hop...

...mas elas podem mergulhar.
...but they can dive.

Os morcegos não
podem mergulhar...
Bats can't dive...

...mas eles podem voar.

...but they can fly.

Os porcos não podem voar...

Pigs can't fly...

...mas eles podem chafurdar.
...but they can wallow.

Os gatos não
podem chafurdar...

Cats can't wallow...

...mas eles podem emboscar.
...but they can pounce.

Os peixes
não podem
emboscar...

Fish can't
pounce...

22

...mas eles
podem saltar.

...but they can
spring.

Os patos não podem saltar...
Ducks can't spring...

...mas eles podem gingar.
...but they can waddle.

...mas eles podem escapulir.
...but they can scurry.

Os cavalos não
podem escapulir...
Horses can't scurry...

...mas eles podem trotar.

...but they can trot.

Os esquilos não
podem trotar...

Squirrels can't trot...

...mas eles podem planar.
...but they can glide.

Os guaxinins não
podem planar...
Raccoons can't glide...

...mas eles podem escalar.

...but they can climb.

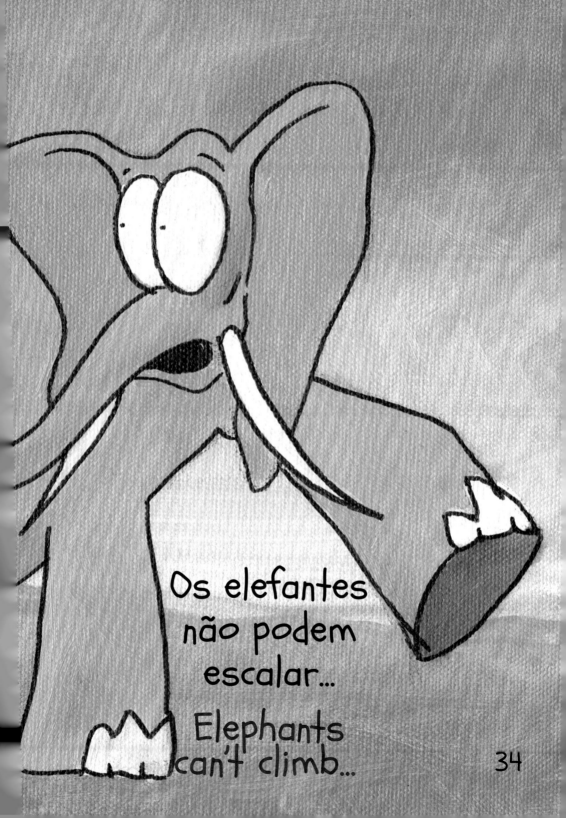

Os elefantes
não podem
escalar...

Elephants
can't climb...

34

...mas eles podem pisotear.
...but they can trample.

As lagartixas não podem pisotear...

Lizards can't trample...

...mas elas podem se lançar.
...but they can leap.

Os bichos-preguiça não
podem se lançar...
Sloths can't leap...

38

39

...mas eles podem dormir.
...but they can sleep.

Acesse jumpingcowpress.com para vistar nossa loja,
baixar materiais de ensino gratuitos e muito mais!

www.jumpingcowpress.com

Disponível em formato capa dura, brochura,
Stubby & Stout™ cartonado e digital.

Visit the Jumping Cow Press website for our shop,
free printable learning resources and more!

www.jumpingcowpress.com

Available in Paperback, Stubby & Stout™
and eBook Formats

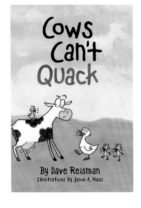